Les coulisses d'un théâtre sont un univers à part, un royaume fait de rideaux en velours, de costumes éparpillés, et de chuchotements entre deux actes. C'est dans cet environnement, à la fois chaotique et magique, que je me trouve, une fois de plus. Mais cette fois-ci, quelque chose cloche.

Je devrais te parler de moi. Mon rôle ici ? Narrateur. Ce qui signifie que je ne suis ni chanteur, ni danseur, ni même metteur en scène. Non, mon rôle est plus subtil. Je porte l'histoire sur mes épaules, celle qui se déroule sur scène, mais aussi celle qui se tisse dans l'ombre des projecteurs. Et cette histoire, celle que tu t'apprêtes à découvrir, est peut-être la mienne ou la tienne...

© 2024 Kristofh PARERA

Édition : BoD · Books on Demand GmbH,
In de Tarpen 42, 22848 Norderstedt (Allemagne)
Impression : Libri Plureos GmbH, Friedensallee 273,
22763 Hamburg (Allemagne)
ISBN : 978-2-3224-7774-6
Dépôt légal : Octobre 2024

Chapitre 1 : Derrière les Rires

Les coulisses du théâtre avaient cette odeur familière, un parfum étrange et rassurant à la fois, mélange de costumes fatigués, de bois ancien et de sueur nerveuse. Ici, je me sentais vivant.

Les premières notes résonnent dans le théâtre encore vide. Le pianiste, Bernard, fait courir ses doigts sur le clavier, cherchant à apprivoiser la mélodie qui ouvrira le spectacle. Il est toujours le premier à arriver. Pour lui, la musique, c'est une respiration. Il la vit, il la sent, elle coule dans ses veines. Quand il joue, tout le monde l'écoute, même le silence. C'est sa manière à lui de faire partie de cette grande machine.

Une fois la salle remplie, les lumières allumées, sa place est dans l'ombre de l'orchestre. Mais pour l'instant, la scène est encore la sienne.

Je l'observe depuis les coulisses, comme chaque matin. Il ne dit rien, se contente de jouer. Mais sa musique a toujours cette manière de calmer mes angoisses, de me rappeler pourquoi nous sommes là, tous ensemble. Ce rythme, ces notes, c'est le cœur battant du spectacle. Bernard ne parle jamais beaucoup, mais c'est avec lui que tout commence.

Inès arrive peu après. Toujours légère, elle semble flotter plus qu'elle ne marche. Même pendant les répétitions, elle garde cette grâce naturelle, comme si la danse était simplement son état d'être. Elle me salue d'un sourire – un sourire rassurant, familier. Elle connaît mes tourments mieux que quiconque ici, même si nous n'en parlons jamais ouvertement. Inès est une de ces personnes qui captent les non-dits. Peut-être parce qu'elle aussi cache ses propres peurs derrière ses mouvements parfaits.

Elle s'échauffe en silence pendant que Bernard continue de jouer. Les autres membres de la troupe arrivent peu à peu. La scène, encore vide il y a quelques minutes, se transforme en un véritable ballet. Les voix s'élèvent, les pas frappent le sol, les instruments s'accordent. Tout se met en place naturellement, comme un puzzle dont les pièces s'assemblent jours après jours.

Chaque soir, la tension montait, portée par les murmures des comédiens, le cliquetis des outils des techniciens, et les accords des musiciens qui résonnaient en sourdine. J'étais à ma place dans ce chaos organisé, dans cette vie de spectacle où tout pouvait basculer en un instant.
Ils m'appelaient tous « Bozo ». Un surnom affectueux, que j'avais hérité au fil des années. Ce n'était pas seulement à cause de mes performances sur scène, mais parce que j'étais celui qui apportait la légèreté, celui qui désamorçait les tensions avec une plaisanterie, un clin d'œil.
J'avais ce talent, cette capacité à transformer les moments de stress en éclats de rire. Et j'en étais fier.

Mais cette harmonie apparente cache une tension sous-jacente. La directrice, Marianne, fait son entrée, l'œil acéré, la démarche déterminée. C'est elle qui orchestre tout cela. Sous ses airs de femme de fer, je sais qu'elle porte une lourde responsabilité sur ses épaules. Le succès de la comédie musicale repose en grande partie sur ses choix, et chaque détail compte pour elle. Elle est exigeante, parfois dure, mais toujours juste. Ses critiques me touchent souvent plus que je ne l'avoue, car je veux à tout prix être à la hauteur de ses attentes.
Marianne s'approche de moi pendant une pause. « Kristof, on va retravailler ta scène de narration aujourd'hui. J'ai besoin que tu sois plus... présent. » Son regard est perçant, mais elle n'est pas hostile. Elle cherche juste à tirer le meilleur de moi, comme elle le fait avec chacun ici.
Je hoche la tête, tentant de cacher le nœud qui se forme dans mon estomac. Je veux plaire, je veux réussir. Mais au fond de moi, une petite voix me murmure que je suis peut-être en train de perdre de vue ce qui compte vraiment. Je

veux être parfait, pour eux, pour elle, pour ce public que je ne vois jamais mais dont je sens le poids invisible chaque jour.

Les répétitions reprennent, le rythme s'intensifie. Les danseurs virevoltent, les comédiens projettent leur voix avec une énergie renouvelée. Marianne veille au grain, ajustant un détail ici, une intonation là. Elle ne laisse rien au hasard.

Maxime, le régisseur, passe près de moi, un sourire en coin. « Tu tiens le coup, Kristof ? » Il a cet air décontracté qui cache mal son perfectionnisme. Maxime, c'est celui qui fait en sorte que tout fonctionne sans accroc, du mouvement des décors aux jeux de lumières. Je l'envie parfois, cette manière qu'il a de gérer le chaos avec une apparente facilité, alors que moi, je me débats avec mes propres doutes.

« Toujours, » je réponds en esquissant un sourire. Mais au fond, je sens la fatigue me gagner. Pas celle du corps, mais celle de l'esprit. Cette lutte constante pour être à la hauteur.

Chapitre 2 : Une Vie en Équilibre

Le rideau n'était pas encore levé que je passais déjà d'un groupe à l'autre, semant quelques blagues, réchauffant les esprits avant que les projecteurs ne les éblouissent. Cette énergie, ce besoin de plaire, de faire sourire, c'était mon carburant. C'était ce qui m'avait porté jusqu'ici.

Marianne, notre directrice, se tenait en retrait, observant tout avec ce calme imperturbable qui la caractérisait. Petite, élégante, toujours impeccablement coiffée, elle dirigeait le théâtre avec une poigne de fer dans un gant de velours. Rien ne lui échappait, et pourtant, elle avait cette douceur naturelle qui la rendait presque intouchable. Tout le monde la respectait. Moi y compris.

— Michel, tu es prêt pour ce soir ? demanda-t-elle en s'approchant doucement.

Je lui offris mon plus grand sourire. « Toujours prêt, Marianne. Bozo est en forme, et il ne décevra pas. »

Elle hocha la tête avec un sourire léger, confiante, puis s'éloigna en glissant entre les rideaux de velours. Je la regardai disparaître, mon sourire toujours en place, mais cette fois, il me semblait plus figé, plus difficile à maintenir. Quelque chose clochait. Un frisson imperceptible parcourut mon dos. Je ne savais pas pourquoi, ni d'où ça venait, mais il y avait une dissonance. Une sensation vague, indéfinissable, qui s'accrochait à moi comme une ombre.

Je secouai la tête, chassant cette pensée. « Ce n'est rien, Michel, ce n'est rien du tout », me dis-je. Ce soir, tout devait être parfait. Il n'y avait pas de place pour les doutes. Je devais être Bozo, encore et toujours. Alors, je remis mon masque invisible, celui qui me permettait de tenir bon, et je m'avançai vers la lumière.

La représentation s'était déroulée sans accroc. Le public avait ri, applaudi, et tout le monde semblait satisfait en coulisses. Mais moi… quelque chose m'avait échappé ce soir-là. Un détail infime, que je n'arrivais pas à saisir, comme un rêve qu'on essaie de retenir au réveil mais qui s'effiloche entre les doigts.

Je restai dans ma loge bien après que les autres soient partis. Le silence du théâtre vide était apaisant, presque hypnotique. Les lumières tamisées, les costumes abandonnés sur les portants, tout cela avait une poésie étrange. Je fixai mon reflet dans le miroir, le maquillage à moitié effacé, et je me demandai qui était cet homme qui me regardait.

« Est-ce que c'est vraiment moi ? » pensais-je. Ou était-ce seulement une version de moi, une projection, quelque chose que j'avais créé pour les autres, mais qui ne m'appartenait plus vraiment ?

Bozo. C'est ainsi qu'ils me voyaient. Toujours joyeux, toujours plein d'entrain. Mais ce soir, je n'arrivais plus à effacer ce masque avec autant de facilité qu'avant. Il me collait à la peau, comme une seconde nature dont je ne savais plus comment me débarrasser.

Je me levai, repoussant ces pensées sombres. Ce n'était que de la fatigue, juste un coup de mou. « Demain, ça ira mieux », me dis-je pour la énième fois. Je ramassai mes affaires, fermai la porte de ma loge et sortis du théâtre, laissant derrière moi l'écho des rires et des applaudissements.
Mais en rentrant chez moi, ce silence pesant m'accompagna. Et même au creux de la nuit, dans le confort de mon lit, ce frisson étrange ne me quitta pas. Il y avait quelque chose de plus profond qui commençait à bouger en moi. Un doute. Une fissure.
Et cette fissure, je le savais, ne se refermerait pas aussi facilement.

Les jours passaient, et le théâtre continuait à tourner comme une horloge bien huilée. Chaque soir, la magie opérait, les spectateurs riaient, s'émouvaient, et repartaient chez eux avec des étoiles dans les yeux. Mais moi, je continuais à avancer sur un fil tendu, oscillant entre le personnage que je montrais au monde et celui que je ressentais profondément en moi.
Marianne, avec son regard attentif, n'était jamais bien loin. Elle avait cette manière douce mais ferme de m'encourager à donner le meilleur de moi-même. Mais parfois, je me demandais si elle voyait au-delà du masque. Derrière ses sourires, ses conseils, percevait-elle la lutte qui se jouait en moi ?
Je me surpris un jour à l'observer, juste avant une répétition. Elle parlait calmement avec un technicien, lui expliquant,

sans élever la voix, ce qui n'allait pas dans la lumière de la scène. C'était impressionnant, cette capacité à obtenir ce qu'elle voulait sans jamais perdre son calme, sans jamais montrer le moindre signe de stress. Et moi, qui étais-je vraiment sous cette façade de clown souriant ?

Les répétitions s'enchaînaient, et je me noyais dans le rythme effréné des préparatifs. Je faisais de mon mieux pour garder le masque bien en place, mais des fissures commençaient à apparaître. Je devenais plus nerveux, plus irritable. Chaque petit incident prenait des proportions démesurées dans mon esprit. Mais personne ne semblait le remarquer, du moins pas encore.

Un soir, après une performance particulièrement épuisante, Bernard me rejoignit en coulisses. Son regard était plein de bienveillance, mais aussi d'inquiétude.

— Michel, ça va ? Tu as l'air... ailleurs, dit-il doucement.

Je souris automatiquement, comme je le faisais toujours. « Oui, tout va bien. Juste un peu fatigué, c'est tout. »

Il hocha la tête, mais son regard resta fixé sur moi un peu trop longtemps. Je savais qu'il ne croyait pas à mon mensonge, mais il n'insista pas. Bernard était comme ça, il respectait mes silences, même lorsqu'ils trahissaient quelque chose de plus profond.

En rentrant chez moi, je me surpris à réfléchir à ses mots. Était-ce si évident que ça ? Est-ce que les autres voyaient à travers moi ?

Le masque devenait plus lourd à porter chaque jour, mais je m'accrochais à lui. Sans lui, qui étais-je vraiment ?

Chapitre 3 : Le Masque Fissuré

Les semaines passèrent, et je continuais à jongler entre mes différentes facettes. Il y avait des jours où je réussissais à tout cacher, où Bozo prenait le dessus et où je pouvais presque croire que tout allait bien. Mais il y avait aussi des jours où le masque glissait dangereusement, et je ne pouvais rien y faire.

C'était comme si je regardais ma vie de l'extérieur, comme si Michel était un étranger que je voyais se débattre dans un costume trop étroit. Chaque sourire que je forçais me semblait plus douloureux que le précédent. Je continuais à jouer mon rôle sur scène, mais dans les coulisses, le poids de tout ce que je cachais devenait insupportable.

Un soir, après une représentation, Marianne me prit à part. Son sourire habituel était toujours là, mais son regard était plus perçant que d'ordinaire.

— Michel, il faut qu'on parle, dit-elle calmement.

Je me raidis instinctivement. Elle avait vu quelque chose, elle savait. Mais quoi exactement ? Je ne pouvais pas le dire. Alors, je m'efforçai de maintenir mon masque en place, mais c'était de plus en plus difficile.

Elle posa une main douce sur mon bras, un geste presque maternel, mais qui semblait peser des tonnes.

— Je vois bien que quelque chose ne va pas. Tu n'es plus toi-même ces derniers temps. Tu veux en parler ?

Un million de pensées se bousculaient dans ma tête. J'avais envie de tout lui dire, de tout lâcher. Mais au dernier moment, je ravala mes mots. Je ne pouvais pas. Pas maintenant. Pas comme ça.

— Non, tout va bien, Marianne. Vraiment. Juste un peu de fatigue. Je vais prendre quelques jours de repos, ça ira mieux, dis-je en évitant son regard.

Elle me fixa un moment, puis hocha la tête, comme si elle savait que je mentais, mais qu'elle respectait mon besoin de le faire.

— D'accord. Prends soin de toi, Michel. Vraiment.
Je quittai le théâtre ce soir-là avec un poids encore plus
lourd sur les épaules. Je ne pouvais plus ignorer ce qui se
passait. Quelque chose devait changer, mais je ne savais
pas quoi, ni comment.
Et c'est ce soir-là, en rentrant chez moi, que je sentis pour la
première fois que le fil sur lequel je marchais commençait à
se rompre.

Il y avait des soirs où le costume de Bozo me pesait comme
une armure de plomb. L'humour, les sourires, les répliques
pleines d'esprit devenaient autant d'obstacles entre moi et
les autres, entre moi et moi-même. Mais je continuais à
sourire, à jouer mon rôle, même si je sentais le masque se
fissurer peu à peu.
Un soir, après une représentation particulièrement
éprouvante, je restai seul sur scène. Les lumières s'étaient
éteintes, et le silence du théâtre vide me fit frissonner.
C'était étrange, cette sensation d'être à la fois au centre de
tout et complètement isolé. Je me sentais vulnérable,
comme si quelqu'un allait venir d'un moment à l'autre pour
arracher ce masque et exposer ma véritable nature.
« Michel, qu'est-ce que tu fais encore là ? » La voix de
Bernard résonna depuis les coulisses.
Je sursautai, pris sur le fait. « Rien, je réfléchissais juste. »
Bernard entra sur scène, une expression inquiète sur le
visage. « Tu devrais rentrer, tu as l'air épuisé. »
Je hochai la tête, mais mes pieds semblaient cloués au sol.
« Oui, tu as raison. Je vais y aller. » Mais je restai immobile.
Bernard s'approcha et posa une main amicale sur mon
épaule. « Tu sais, Michel, on est tous là pour toi. Si tu as
besoin de parler... »
Je hochai la tête encore une fois, mais les mots restèrent
coincés dans ma gorge. Pourquoi était-ce si difficile
d'admettre que je n'allais pas bien ? Peut-être parce que je

ne savais pas comment m'y prendre. Peut-être parce que je n'étais même pas sûr de savoir ce qui n'allait pas.
Quand je rentrai chez moi ce soir-là, la solitude me tomba dessus comme une chape de plomb. Je regardai mon reflet dans le miroir. Bozo souriait toujours, mais ce sourire ne m'appartenait plus. Je voulais enlever ce masque, mais je ne savais plus où Michel commençait et où Bozo finissait. Je m'assis sur le lit, le regard perdu dans le vide. Il fallait que quelque chose change. Mais quoi ? Et comment ?

Le masque finit par tomber, comme tout masque finit par le faire un jour ou l'autre.
Cela se produisit une nuit, après une longue répétition. Je rentrai chez moi, exténué, le corps lourd et l'esprit embrouillé. J'avais bu un peu plus que d'habitude, pensant que cela m'aiderait à me détendre, mais au lieu de cela, cela accéléra la chute.
Je perdis l'équilibre en montant les escaliers de mon appartement. Un instant de flottement, et je me retrouvai à terre, la tête bourdonnante. Je n'avais pas mal, pas vraiment. Ce qui me frappa, c'était le silence. Un silence total, étouffant, comme si tout autour de moi avait cessé d'exister.

Je restai là, allongé sur le sol froid, et pour la première fois depuis longtemps, je ne tentai pas de me relever. J'étais fatigué, tellement fatigué de tout. Les masques, les faux sourires, les mensonges... tout cela m'avait épuisé.
C'est alors que je ressentis quelque chose d'étrange dans ma poitrine, une douleur sourde qui s'intensifia rapidement. Je me souvins vaguement de l'avoir ressentie quelques fois auparavant, mais jamais aussi intensément. Cette fois, elle ne s'effaça pas. Elle grandit, m'écrasa, m'étouffa. Le monde autour de moi se rétrécit, et je perdis conscience.

Chapitre 4 : Le Grand Vide

Je ne me souviens de rien après cela. Seulement du vide. Un silence profond, noir, sans fin.
Le temps n'avait plus de sens. Est-ce que c'étaient quelques minutes, quelques jours, quelques semaines ? Impossible à dire. Tout ce que je savais, c'était que j'étais perdu dans ce néant, sans repères, sans douleur, mais sans vie non plus.
Je n'étais plus Michel, ni même Bozo. J'étais juste… rien.

Le vide n'avait ni début ni fin. C'était un espace suspendu, où le temps n'avait plus d'importance.
Je n'étais rien d'autre qu'un esprit flottant dans l'obscurité.
Et, étrangement, cela me convenait.
Au début, ce vide était un refuge. Tout ce que j'avais fui, tout ce que j'avais essayé de cacher, était désormais loin derrière moi. Je ne ressentais plus le poids des attentes, des masques, des erreurs. Tout cela semblait avoir disparu, comme un rêve lointain. Mais petit à petit, des fragments de souvenirs commencèrent à émerger, comme des bulles remontant à la surface.
Je revis des scènes de mon enfance, celles que j'avais oubliées ou enterrées profondément. Le petit garçon souriant, toujours prêt à faire rire, même lorsqu'il ne comprenait pas pourquoi il devait être drôle. Les regards d'adultes attendris, les applaudissements après chaque pirouette, mais aussi les silences pleins de déception quand je ne faisais pas exactement ce que l'on attendait de moi.
Il y avait cette scène récurrente de mon père, debout devant moi, les bras croisés, attendant que je trouve les bons mots pour le faire rire. Et moi, je m'efforçais de deviner ce qu'il voulait entendre, cherchant désespérément à être à la hauteur. C'était peut-être là que tout avait commencé, ce

besoin constant de plaire, de cacher ce qui n'allait pas derrière des blagues et des sourires forcés.

D'autres souvenirs se superposaient à celui-là : des visages de femmes que j'avais aimées, ou que je pensais aimer. Des relations gâchées par ma peur de montrer mes véritables émotions, par mon incapacité à être moi-même. À chaque fois, je me souvenais des ruptures, des adieux teintés de tristesse et d'incompréhension. Pourquoi ne pouvais-je pas simplement être honnête avec elles, et avec moi-même ?

Le vide continuait de s'étendre, mais il devenait peuplé de toutes ces images, toutes ces voix. Je me souvenais de mes débuts sur scène, de la première fois où je ressentis ce frisson en entendant les applaudissements. À cet instant précis, je savais que c'était là que je voulais être. Mais à quel prix ? Est-ce que ce besoin d'être aimé, admiré, avait fini par me dévorer tout entier ?

Dans ce vide, je n'avais plus besoin de sourire, plus besoin de jouer un rôle. C'était tentant de tout laisser derrière, de ne jamais revenir. Le silence était apaisant, et pour la première fois depuis longtemps, je me sentais libre. Mais cette liberté était teintée de fatigue. Un épuisement profond, celui de toute une vie passée à se battre contre soi-même.

Chapitre 5 : L'Ombre du Père

Dans le vide, les souvenirs ne cessaient de tourner, comme des fantômes obstinés :

Des aventures, des amours gâchés, des rires, des inconsciences...

Et parmi eux, il y avait l'image de mon père. Une image qui revenait sans cesse, obsédante, inachevée.

Je revis cette scène des dizaines de fois : mon père, allongé sur son lit d'hôpital, le visage creusé par la maladie. Il avait toujours été un homme fort, solide, inébranlable, du moins c'est ainsi que je l'avais toujours vu. Mais cette image-là s'effaçait lentement, remplacée par celle d'un homme affaibli, vulnérable. Un homme que je ne reconnaissais plus.

Je me souviens d'avoir été assis près de lui, le regardant essayer de sourire malgré la douleur. Et moi, comme toujours, j'essayais de le faire rire. Je sortais mes meilleures blagues, mes répliques les plus absurdes, espérant que cela allègerait la situation. Mais rien n'y faisait. Son rire était absent, son regard ailleurs.

C'était là, devant ce lit d'hôpital, que j'avais compris à quel point j'étais impuissant. Peu importe combien je pouvais faire rire les autres, je n'étais pas capable de soulager la souffrance de celui qui comptait le plus pour moi. Et, plus douloureux encore, je savais que je n'étais pas celui qu'il aurait voulu que je sois.

Il n'avait jamais dit ces mots directement, mais je les avais ressentis dans chaque regard, dans chaque silence. Mon père ne m'avait jamais vraiment vu. Pas le Michel réel, mais seulement ce que j'essayais d'être pour lui. Je m'étais caché derrière Bozo, pensant que c'était ce qu'il voulait voir. Un fils qui ne pliait jamais sous le poids des émotions, qui transformait chaque douleur en une plaisanterie. Mais j'avais tort.

Le jour où il est parti, je me suis retrouvé seul à son chevet. Je l'ai regardé une dernière fois, espérant trouver une trace de fierté dans ses yeux clos. Mais tout ce que j'ai vu, c'était le reflet de mes propres doutes. Je n'avais pas été là pour lui comme j'aurais dû. Je n'avais pas su lui montrer qui j'étais vraiment, ni lui donner ce qu'il attendait de moi.

C'est ce poids-là que j'ai porté avec moi pendant des années, sans jamais le reconnaître. C'est ce silence entre nous qui avait forgé mes masques, ces sourires forcés, ces plaisanteries sans fin. J'avais construit ma vie pour être ce que je pensais qu'il voulait que je sois, et en chemin, je m'étais perdu.

Dans ce vide où mon esprit se perdait, les souvenirs de ces derniers jours avec mon père revenaient en boucle. C'était comme si mon subconscient cherchait à comprendre, à trouver un sens à tout cela.

Je me revis entrer dans sa chambre d'hôpital pour la dernière fois. Il était déjà trop faible pour parler, mais ses yeux étaient ouverts, fixés sur moi. Je n'avais pas su quoi dire. J'avais simplement pris sa main, froide et faible, espérant que ce contact serait suffisant pour combler tout ce que je n'avais jamais exprimé.

Je me souviens avoir voulu lui dire que j'étais désolé. Désolé de ne pas avoir été à la hauteur de ses attentes, désolé de ne pas avoir été le fils dont il pouvait être fier. Mais les mots étaient restés coincés dans ma gorge, et tout ce que j'avais pu faire, c'était sourire. Encore une fois, je m'étais caché derrière ce masque de clown, même dans ce moment où tout s'effondrait autour de moi.

Il n'avait jamais su que j'avais peur. Que chaque jour, je me débattais pour trouver ma place, pour comprendre qui j'étais vraiment. Il n'avait jamais su à quel point je me sentais coupable de ne pas pouvoir être plus pour lui. De ne pas avoir été capable de le sauver, ni de me sauver moi-même.

Quand il a fermé les yeux pour la dernière fois, j'ai ressenti un vide encore plus grand que celui dans lequel je me trouvais maintenant. Un vide que j'avais tenté de remplir avec du travail, des relations superficielles, et ce masque de Bozo que je n'avais jamais osé retirer.

Mais ici, dans ce néant où tout était à nu, je ne pouvais plus fuir. Mon père était parti sans que nous n'ayons jamais eu cette conversation. Sans qu'il ait su que, derrière chaque plaisanterie, chaque rire forcé, il y avait un fils qui l'aimait profondément mais qui ne savait pas comment le montrer.

Je me demandais souvent si j'avais été celui qui l'avait déçu ou si c'était lui qui m'avait laissé sans les outils nécessaires pour me comprendre. Ces questions tournaient en boucle dans mon esprit, m'empêchant de trouver le repos.
Je ne savais pas si je voulais revenir. Qu'y avait-il de l'autre côté du vide ? Des questions sans réponses, des visages que j'avais fui, des échecs que je ne voulais plus affronter. Et pourtant, quelque part en moi, une petite voix persistait. Cette voix ne parlait pas encore de rédemption ou de renaissance. Elle murmurait simplement que tout cela ne pouvait pas être la fin. Que je devais trouver les réponses, même si elles faisaient mal.
Petit à petit, cette voix devint plus forte, et avec elle, une prise de conscience. Si je voulais revenir, je devais tout effacer. Tout recommencer. Réécrire ma vie, mais cette fois, en choisissant mes propres mots, mes propres actes. Je devais comprendre pourquoi j'en étais arrivé là. Et pour cela, je devais affronter tout ce que j'avais fui.

Quand je commençai à émerger de ce vide, des sons flous parvinrent à mes oreilles. Des voix lointaines, des bips réguliers, le souffle d'une machine. Mon esprit mit du temps à se reconnecter avec mon corps. Quand je finis par ouvrir les yeux, tout était flou. Les lumières étaient trop fortes, les sons trop forts. Je clignai des yeux, essayant de comprendre où j'étais.
Une silhouette se pencha au-dessus de moi. « Michel ? Tu es réveillé ? »
C'était la voix de Marianne. Je tentai de parler, mais ma gorge était trop sèche. Je me contentai de hocher faiblement la tête. Elle sourit, mais ses yeux étaient remplis de larmes. Elle appela quelqu'un, et bientôt, d'autres silhouettes s'affairèrent autour de moi.
J'avais survécu. Mais à quoi ? Et pour quoi ?

Chapitre 6 : Le Réveil Difficile

Quand je me réveillai enfin, ce fut comme un choc brutal. Le monde m'agressa de plein fouet. Les lumières étaient trop vives, les sons trop aigus. Tout semblait trop rapide, trop réel. Je refermai les yeux, espérant retrouver le calme du vide, mais c'était impossible. J'étais de retour.

Quand je finis par sortir de ce vide, ce fut avec un sentiment d'épuisement encore plus grand qu'avant. Le monde me paraissait toujours aussi oppressant, mais quelque chose avait changé. J'avais compris que je ne pourrais pas avancer sans affronter ce passé. Sans comprendre pourquoi j'avais porté ces masques toute ma vie.

La réalité s'imposa brutalement, mais cette fois, je n'avais plus la force de fuir. Ce que j'avais découvert dans ce vide, c'était l'ombre de mon père, cette figure imposante qui avait inconsciemment façonné chacune de mes décisions, chacun de mes faux sourires.
Je savais désormais que je devais trouver les réponses, mais qu'elles ne viendraient pas toutes seules. Il fallait que je les cherche, que je fasse la paix avec cette histoire inachevée. Et pour cela, je devais effacer tout ce que je croyais savoir de moi, tout ce que j'avais construit, et repartir de zéro.

Je ne parlai à personne pendant des semaines. Je me plongeai dans mes pensées, dans les souvenirs que j'avais tenté de fuir pendant si longtemps. Marianne et Bernard venaient régulièrement, mais je restais muré dans mon silence. Ce n'était pas un rejet de leur part, mais une nécessité. J'avais besoin de ce temps pour comprendre, pour me retrouver.

Puis, un jour, quelqu'un d'autre franchit la porte de ma chambre. Ce n'était ni Marianne ni Bernard. C'était un homme d'âge moyen, au sourire tranquille. Il s'assit en face de moi, sans rien dire, me laissant le temps de l'observer. Il ne portait pas de blouse blanche, mais il avait cette présence rassurante que l'on associe aux soignants.
— Je m'appelle Vincent, dit-il simplement. Je suis coach de vie. J'aide les gens à retrouver leur chemin.
Je le fixai sans répondre, mais il ne sembla pas s'en offusquer. Il continua de me parler, calmement, comme si nous étions deux vieilles connaissances.
— On m'a dit que tu étais perdu. Que tu cherchais des réponses. C'est bien. C'est un bon début. Mais pour trouver des réponses, il faut d'abord savoir quelles questions poser.
Je restai silencieux, mais ses mots résonnèrent en moi. Quelles questions ? Pendant des semaines, je m'étais contenté de fuir les questions. Peut-être qu'il était temps de commencer à les affronter.

C'est à ce moment-là que Vincent, le coach de vie, me proposa de m'accompagner sur ce chemin de reconstruction. Pas en me disant quoi faire, mais en m'aidant à poser les bonnes questions.
 Ensemble, nous commençâmes à dénouer les fils de ma vie passée, à explorer les blessures cachées, les peurs non exprimées.
Petit à petit, je compris que pour avancer, il fallait que je me pardonne à moi-même. Que je pardonne aussi à mon père, même si nous n'avions jamais eu cette conversation. Que je me pardonne de n'avoir jamais été celui que je pensais qu'il voulait que je sois.
C'était le début d'un long chemin. Un chemin où je devais réapprendre à vivre, mais cette fois, pour moi.
Vincent me proposa de travailler ensemble, et à ma grande surprise, j'acceptai. Il ne promettait pas de solutions miracles, juste un chemin à parcourir, un pas à la fois. Et ce

chemin commença par un acte simple mais difficile :
accepter que j'avais besoin d'aide.
Il m'encouragea à explorer mon passé, à comprendre les
raisons de mes choix, de mes erreurs. Avec son aide, et
celle d'une association spécialisée, je commençai à réécrire
ma vie. Cela ne se fit pas du jour au lendemain. Il y eut des
moments de doute, des rechutes, des journées où je voulais
tout abandonner. Mais Vincent était toujours là, patient et
encourageant.
Petit à petit, les pièces du puzzle commencèrent à
s'assembler. Je compris que je devais faire la paix avec
Michel, cet enfant joyeux qui s'était perdu sous les masques
qu'il s'était fabriqués pour survivre. Je devais retrouver cet
enfant, non pour redevenir lui, mais pour lui permettre de
grandir enfin.
Et ainsi, jour après jour, je commençai à réécrire ma vie.
Cette fois, je décidais des rôles que je voulais jouer, des
histoires que je voulais raconter. Pas pour plaire aux autres,
mais pour moi-même.

Chapitre 7 : Le nouveau Michel

Lorsque je sortis de l'hôpital, le monde extérieur m'apparut
comme un terrain totalement neuf. Chaque pas que je
faisais semblait être une décision lourde de conséquences.
Le poids du passé et le poids des anciennes habitudes me
pesaient encore. Il était clair que je ne pouvais pas
continuer à vivre comme avant.
Mon premier acte de libération fut de quitter mon
appartement. Cet espace, autrefois mon refuge et ma scène
personnelle, était devenu un symbole de tout ce que je
cherchais à fuir. Je fis mes adieux à cet endroit où les rires
artificiels avaient souvent masqué des pleurs réels.
Je quittai également mes anciens amis, ceux des soirées
enivrantes et des discussions de bistrot. Ils avaient été des

compagnons de route, mais leurs présences étaient devenues superficielles.
 La fête et l'alcool avaient été des palliatifs temporaires pour une douleur que je ne comprenais pas encore pleinement.

Avec l'aide de Vincent, je trouvai un nouvel endroit pour recommencer. Je déménageai dans une petite ville provinciale, loin de l'agitation de la grande ville et des tentations passées. Cette nouvelle ville était calme, pittoresque, et loin du tumulte du monde que j'avais connu. Là-bas, je trouvai un petit appartement simple, modeste, mais accueillant. Il me permit de créer un espace où je pouvais commencer à reconstruire ma vie. Le cadre tranquille et la communauté plus intimiste étaient propices à une introspection sincère.

Je réorientai ma carrière vers le coaching et la thérapie, domaines dans lesquels je pouvais utiliser mon vécu pour aider les autres. Je suivis des formations spécialisées et commençai à travailler pour une association locale dédiée à l'accompagnement des personnes en difficulté.
Travailler dans ce domaine me permettait non seulement de me réinventer, mais aussi de faire face à des défis réels et humains. Les interactions avec les personnes que j'aidais étaient profondément enrichissantes. Elles m'offraient l'opportunité de transformer ma propre douleur en quelque chose de positif pour les autres.

C'est dans ce cadre plus authentique que je rencontrai Thomas. Il était également impliqué dans des projets communautaires, partageant une passion pour aider les autres qui résonnait profondément avec moi. Thomas, avec son sourire sincère et sa compassion, apportait une lumière nouvelle dans ma vie.

Chapitre 8 : Faire Face aux Défis

Au fil du temps, notre relation devint plus profonde. Thomas était un père dévoué à ses deux filles, Sophie et Clara, qui acceptèrent notre relation avec une ouverture chaleureuse. Leur accueil fut une source de réconfort et de bonheur dans ma vie. Nous partagions des moments précieux en famille, construisant lentement une relation solide et authentique.

Cependant, tout ne se passa pas sans heurts. Les parents de Thomas eurent du mal à accepter notre relation. Leur résistance était ancrée dans des valeurs traditionnelles et des préjugés qui semblaient insurmontables. Ils exprimaient souvent leur désapprobation par des commentaires discrets mais douloureux, et leurs attitudes créèrent des tensions dans notre vie.
De mon côté, ma sœur, Anne, réagit également avec scepticisme. Elle était protectrice et préoccupée par ce qu'elle voyait comme des complications supplémentaires dans ma vie.
Son inquiétude, bien que motivée par son amour pour moi, ajouta une couche de difficulté à notre relation. Les conversations avec elle devenaient tendues, car elle ne comprenait pas les choix que je faisais et craignait pour mon bien-être.

Face à ces défis familiaux, Thomas et moi nous efforcions de rester unis et de concentrer notre énergie sur ce qui nous unissait. Nous nous soutenions mutuellement, trouvant du réconfort dans notre amour et dans l'acceptation des filles de Thomas. Nous cherchions dés moyens pour maintenir des relations respectueuses avec les familles tout en préservant notre bonheur.

Nous nous engagions dans des dialogues ouverts avec les parents de Thomas et ma sœur, espérant qu'avec le temps, ils pourraient voir la sincérité et la profondeur de notre relation. Ces conversations étaient souvent difficiles et émotionnellement chargées, mais nous croyions qu'elles étaient essentielles pour construire un futur où tout le monde pourrait trouver une certaine paix.

Avec le temps, les efforts déployés pour expliquer notre relation et partager notre bonheur commencèrent à porter leurs fruits. Bien que la réconciliation complète ne soit pas immédiate, des pas positifs furent faits. Les parents de Thomas commencèrent à montrer des signes d'acceptation graduelle, en voyant combien il était heureux et épanoui avec moi.
Ma sœur, après plusieurs discussions ouvertes et honnêtes, commença à comprendre la profondeur de mon engagement et le bonheur que j'avais trouvé avec Thomas. Elle fit des efforts pour accepter ma relation, bien que cela prenne du temps.

Avec ces défis derrière nous, Thomas et moi pouvions maintenant nous concentrer pleinement sur notre avenir. Nous continuâmes à construire notre vie ensemble, en nous appuyant sur l'amour et le soutien que nous avions trouvé. Les filles de Thomas restaient au cœur de notre famille, et nous développions une vie enrichissante et joyeuse ensemble.
Je poursuivis ma carrière de coach et thérapeute avec une passion renouvelée, utilisant mon vécu pour aider les autres tout en trouvant un équilibre dans ma vie personnelle. La route avait été parsemée d'obstacles, mais chaque difficulté surmontée avait renforcé notre relation et enrichi notre vie commune.

Chapitre 9 : La Rencontre fatale

Le jeudi avant les vacances en Grèce, organisées par
Thomas, je reçus un appel important. C'était un rendez-
vous avec un homme nommé Jean-Pierre, qui partageait un
parcours étonnamment similaire au mien. Jean-Pierre, un
homme de mon âge, était tiraillé entre un travail épuisant
dans les finances et sa passion pour la musique, une
passion qu'il avait laissée de côté depuis des années.
Je l'écoutais attentivement pendant notre séance. Ses
histoires de frustration et de désillusion résonnaient
profondément avec moi. Il parlait de ses rêves non réalisés,
de la difficulté de jongler entre un emploi qui le drainait et
une passion qu'il n'avait pas osé poursuivre. J'étais
conscient du risque de transfert, de me voir dans ses
histoires et d'oublier de rester objectif. Cependant, je me
sentais aussi profondément connecté à ses aspirations et
ses dilemmes.
Au fur et à mesure que la conversation avançait, je réalisai à
quel point son parcours était un reflet de ce que j'avais
vécu.
Il cherchait des réponses, tout comme je l'avais fait dans le
passé. Sa quête d'un sens et d'un équilibre dans sa vie me
rappelait ma propre lutte.
Je devais faire attention à ne pas projeter mes propres
expériences sur lui, mais je ne pouvais m'empêcher de me
sentir ému par son histoire. Il m'expliqua qu'il avait un rêve :
créer un spectacle qui marierait théâtre, musique de tous
genres et danses contemporaines, mais il ne savait pas par
où commencer ni comment quitter son emploi actuel sans
tout risquer.
Après avoir écouté ses aspirations, je lui offris quelques
conseils pratiques basés sur mon propre parcours : la
nécessité de planifier soigneusement la transition, d'établir
des objectifs clairs, et de s'entourer de personnes qui
pourraient le soutenir dans ce voyage.

Je lui proposai également des ressources et des contacts qui pourraient l'aider à avancer dans sa passion.
Notre rencontre fut une révélation pour moi. Elle me rappela combien il est crucial de suivre ses passions et d'aider les autres à faire de même. Jean-Pierre, en trouvant sa voie, devint une métaphore vivante de ce que j'avais moi-même accompli.

Il était 18h, et cela faisait déjà deux heures que j'écoutais Jean-Pierre, plongé dans ses confessions et ses dilemmes. En tant que thérapeute, je me retrouvais à la fois spectateur d'une histoire que je connaissais trop bien et enthousiaste à l'idée de l'aider à réécrire une autre version de sa vie. J'étais partagé entre la passion d'accompagner quelqu'un à travers un parcours que je comprenais intimement et l'impatience de retrouver Thomas pour nos vacances en Grèce, prévues pour le lendemain.

Alors que la séance touchait à sa fin, je proposai à Jean-Pierre d'effectuer un travail d'introspection et de réflexion sur ses objectifs pour la rentrée.
Je pensais que ce serait une étape cruciale pour l'aider à clarifier ses priorités et à planifier un chemin réaliste vers ses rêves. Cependant, la réaction de Jean-Pierre fut imprévisible. Son visage se décomposa lentement, et une explosion de colère et de désespoir émergea.

Il se mit à hurler, sa frustration culminant en une crise incontrôlable.
Je tentai de le canaliser, de le calmer en utilisant toutes les techniques que j'avais apprises au fil des années.
Respirations profondes, voix apaisante, gestes mesurés.
Mais Jean-Pierre était dans un état de détresse si profond que mes mots semblaient se perdre dans le vide, comme des échos qui n'atteignaient jamais leur cible.

Ses yeux, d'ordinaire vifs et pleins d'humour, étaient
devenus des abîmes de douleur et de confusion.
Il murmurait des phrases incohérentes, oscillant entre des
rires nerveux et des sanglots étouffés. Je le connaissais
bien, ou du moins je pensais le connaître. Mais à cet instant
précis, il était un étranger, une âme déchirée entre la réalité
et les ombres de son esprit.

Je m'approchai de lui doucement, essayant de garder un
contact visuel, de le ramener à moi, ici, maintenant. « Jean-
pierre, écoute-moi… Respire… Tout va bien se passer, on va
traverser ça ensemble. »

Mais mes paroles ne parvenaient pas à traverser le mur de
détresse qui l'entourait. C'est alors que je vis un éclat, une
lueur dangereuse dans son regard, une lueur que je n'avais
jamais vue chez lui auparavant. Un mélange d'abandon total
et de résolution brute.

Sans prévenir, dans un geste aussi désespéré que brutal, il
m'attrapa dans ses bras. La force de son étreinte était
stupéfiante, presque inhumaine, comme s'il puisait dans un
réservoir de douleur que personne ne soupçonnait. Je sentis
mon corps se raidir sous la pression, mon esprit essayant
de comprendre ce qui se passait.
« Jean-Pierre non ! » parvins-je à articuler, mais il était déjà
trop tard.

En un instant, nous fûmes projetés vers l'avant, vers la
fenêtre ouverte. Le monde extérieur, si paisible quelques
secondes auparavant, devint soudainement un gouffre
béant. Le vent s'engouffra violemment dans la pièce,
soulevant des papiers, renversant des objets, tandis que
nous franchissions la frontière entre la sécurité et l'abîme.
Le temps sembla se ralentir alors que nous basculions dans
le vide.

Je vis brièvement le ciel, d'un bleu éclatant, et je me demandai avec une clarté étrange si c'était ainsi que tout devait se terminer.
Le vent sifflait à mes oreilles, et tout devint un tourbillon de sensations : le froid de l'air, le rugissement lointain de la rue en dessous, la chaleur désespérée du corps de Jean-Pierre contre le mien.
Nous chutâmes ensemble, liés par ce moment d'abandon ultime. Dans ce bref instant suspendu dans le temps, je ressentis une vague de compassion immense pour lui, malgré tout. Un homme perdu, à la dérive, incapable de s'accrocher à la réalité qui l'écrasait.
Puis, l'impact. La douleur.

Un choc violent qui parcourut tout mon corps, éclipsant mes pensées, brouillant mes sens. Le monde devint flou, les sons se firent lointains, et une obscurité apaisante m'enveloppa.
Dans cette noirceur, je ne pouvais plus distinguer la réalité du rêve. Étions-nous encore en vie ? Était-ce la fin ? Des images de ma vie passée défilaient devant mes yeux fermés : des visages, des souvenirs, des moments que je n'avais peut-être pas assez appréciés. Jean-Pierre, lui, semblait s'effacer dans cette dernière vision, se fondant dans les ténèbres de son propre esprit.
Et puis, il n'y avait plus rien.

Un silence total, un vide, comme si le monde avait cessé de tourner.

Chapitre 10: Le grand voyage

Je me réveillai dans un état de confusion totale, dans un coma qui, cette fois, durera plus longtemps. Les semaines passées dans le coma furent une période de réflexion profonde pour moi. Mon esprit errant revisita les moments clés de ma vie, mes réussites et mes échecs, ainsi que les rencontres qui m'avaient marqué. Je revis les visages des personnes importantes et les moments cruciaux qui avaient façonné mon parcours et je compris qu'il était temps d'effacer les vieux schémas et de réécrire ma vie. La période de coma m'avait donné une nouvelle perspective sur ce que je voulais réellement. Je décidai de couper définitivement avec les aspects négatifs de mon passé et de m'engager pleinement dans ma mission d'aider les autres, tout en trouvant une manière d'intégrer les enseignements que j'avais tirés de cette expérience.

À mon réveil, une douleur sourde m'envahit, me rappelant les souvenirs flous de l'accident. En ouvrant les yeux, je découvris une chambre jaunâtre, décorée avec un papier peint à fleurs vieilli. C'était un décor étrangement familier. J'étais déconcerté, comme si j'étais plongé dans un autre temps ou une autre réalité.
À côté de moi, mes parents étaient là, mais dans une version plus jeune d'eux-mêmes. Ils semblaient aussi réels que dans mes souvenirs d'enfance. Mon père, avec un sourire à la fois rassurant et inquiet, se pencha sur moi et commença à parler. « Michel, tu faisais le clown sur ton vélo. En une seconde d'inattention, tu t'es déporté et tu as été heurté par un bus. Le chauffeur a essayé de minimiser l'impact, mais tu as été gravement blessé. »
Je ne sentais plus mes jambes, rien aucune douleur aucune sensation.

Je me redressai difficilement, réalisant que toute l'histoire que j'avais vécue , les succès et les échecs, les rencontres et les ruptures , n'était rien d'autre qu'un rêve.

Une expérience que j'avais vécue durant mon coma à 16 ans, un voyage mental construit par mon esprit pour affronter les douleurs et les défis que je n'avais pas encore compris à cet âge.
La réalité me frappa comme un choc électrique.

Tout ce que j'avais traversé, la quête de soi, les rencontres marquantes, les hauts et les bas de ma vie adulte, n'était qu'une projection de mon esprit en coma, une simulation de ce que pourrait être une vie pleine de défis et de découvertes.

Je me retrouvai maintenant face à la vérité de ma jeunesse, avec tout le temps devant moi pour construire une vraie vie.

Je ne remarcherai certainement jamais.

Diffèrent, mais plus fort.

Chapitre 11 : Un Nouveau Départ

À partir de ce moment, je compris que le vrai voyage commençait maintenant. Je ne pouvais plus m'accrocher aux illusions de mon rêve. C'était le moment de vivre pleinement ma vie réelle, de prendre les décisions qui s'imposaient pour construire un avenir authentique.

Je sortis de l'hôpital, profondément marqué par l'expérience mais avec une détermination renouvelée.
 Je savais maintenant que le véritable défi était d'écrire ma propre histoire, pas comme un rêve, mais comme une vie réelle avec ses propres joies, ses peines, et ses opportunités.
Avec l'aide de ma famille et de quelques amis fidèles, je me lançai dans la construction de ma vie. Je décidai de me concentrer sur ce qui était vraiment important pour moi : les valeurs humaines, les relations authentiques, et un engagement sincère envers mes passions et mes aspirations. Je savais que ce chemin serait semé d'embûches, mais il était maintenant le mien, réel et tangible.

L'expérience onirique m'avait offert des perspectives précieuses, mais c'était à moi d'effectuer le travail de créer une vie qui reflète vraiment qui je suis, tel que je suis.
La vie était pleine de promesses, et cette fois, je comptais les vivre pleinement, en restant fidèle à moi-même, à mes valeurs, respecter l'écologie de soi.